# L'AN
# MIL-HUIT-CENT-TRENTE-SEPT

OU

# L'AMNISTIE

ET

# CONSTANTINE.

## POÈME

### Par A. M. B,

Vixere, fortes ante . Agamemnona
Multi, sed omnes illacrimabiles
Urgentur, ignotique, longâ
Nocte, carent quia Vâte sacro.

HORACE, l. 4. Ode 8.

# PARIS.

## IMPRIMERIE DE MOESSARD,

RUE FURSTEMBERG, 8.

1838.

# L'AMNISTIE

ET

## CONSTANTINE.

Depuis la catastrophe où, prise en ses filets,
Tomba la vieille cour au second des juillets,
Deux lustres écoulés sous les lois de Philippe
De son gouvernement ont prouvé le principe
Aussi surabondant en heureux résultats
Que ceux qu'eurent jamais les plus libres états.
Son intérêt privé, du quel il se détache,
A l'intérêt public sans biais se rattache :
Tel qu'il est, se targuer de n'aimer pas ce Roi,
C'est se glorifier d'être ennemi de soi.
Sur des nécessités trêve à d'oisives gloses,
Rarement sans épine on vit fleurir des roses.
Le faubourg Saint-Germain qui fit celui qui dort
Lorsque son Bien Aimé gagnait son fatal port,
En ce temps, de son ire, en outrant le langage,
Décèle, à son insu, son faux bon au courage :
De faussetés que peut un thème élaboré
Contre du positif, contre de l'avéré.
Dix-huit-cent-trente-sept, année impérissable,
Dans les fastes français s'assure un rang notable.

En ce même an , Philippe , à la guerre forcé ,
Par son fils presqu'enfant, militaire exercé ,
A pris le Gibraltar de l'altière Algérie,
Butée à se soustraire à sa suprématie,
Et de son plein gré libre, il a de leur pardon,
Fait aux républicains le sollicité don.
Des Massaniello, des Babœuf la chimère,
En a-t-elle perdu son Charme de leur plaire?
Feront-ils une pause à leur rapide essor.
Vers leur inadmissible et précaire âge d'or?
Age , s'il s'admettait , qui serait rétrograde
Dans un siècle affectant des progrès la parade.
Utopie à niais ;—mais l'or—c'est différent ,
Personne qui ne soit à son culte adhérent ,
Sans trop s'inquiéter des tourmens qu'à sa suite
Ont subi les voués à sa rude poursuite.
Sur l'Océan, où loin des paternels foyers
L'homme en quête de gains encourt tant de dangers,
Quand les vents déchaînés dans leur bruyante guerre
Ont fait l'immense mal que leur lutte peut faire ,
Après et passagers et marins naufragés
Et navires sans mâts sans voiles submergés ;
Du fond des mers la vase en bouillonnant montée,
Sans plus jeter d'écume en son gouffre est tombée.
Le soleil dans l'orage éteint, inaperçu
Paré de ses rayons, plein d'éclat est revu,
Et de leurs feux divins récrée et vivifie
Tous ceux que la tempête alarma pour leur vie.
De l'amnistie ainsi, la royale bonté
A porté quelques fruits, mais non en quantité.

La subversion due à des causes physiques
N'est rien près des maux dus aux haines politiques
L'envie et l'intérêt en sont les élémens,
Et des vices plus bas leur servent d'alimens.
De là des factions cupides, affamées,
A s'entre dépouiller sans scrupule animées ;
Si de ces froissemens le cours est suspendu
Le pays sait à qui le succès en est dû.
Employée à propos, la céleste cléménce
( L'heure sonnée ) a su pacifier la France,
Comme aux temps précédens le pouvoir avait dû
Enchaîner la révolte, ou tout était perdu.
De deux partis hargneux, les frêles coriphées,
En jupe, ou dague au poing bâclent leurs équipées,
Dédaignés et nantis d'indulgens passeports
Ils courent refiler leur quenouille au dehors.
En révolution c'est assez l'habitude,
Envers ses bienfaiteurs d'user d'ingratitude.
Que tout aille trop bien, motif au Cor....
D'aboyer, et plus fort contre les Antonin ;
Du.... n'est pas d'avis qu'un monarque gouverne,
A ses juristes yeux ce droit est louche et terne,
Rienzi, Francia, ces aigles de barreaux,
Pour son ascension lui prêtent leurs falots.
Sous l'inspiration d'un astucieux ordre
Qu'avec douleur Thémis voit, ame du désordre,
Poursuivre d'indirects et sourds dénigremens
Les suspects d'éventer ses secrets erremens,
Si l'opposition de sa dent de vipère,
Pour mordre le Roi, mord son plus pur ministère ,

Malade de son tic du trouble et de discords
Se pâme aux mots de paix au dedans au dehors,
Et du vieil œil de bœuf s'ingénie et fatigue
A ramener sur l'eau la rage en fait d'intrigue;
Les pamphletiers au moins ( sauf le Charivari,
Aretin rechauffé jusqu'en ses os pourri)
Brocanteurs de leur plume, espèce subalterne,
Qui réciproquement est bernée et qui berne
N'exercent qu'à demi leurs immoraux talens
Contre les citoyens censés non malveillans,
Et ménagent l'absynthe en leurs drogues caüstiques
Relatives aux grands, soit nouveaux soit auliques.
Broglie et Talleyrand, plastrons des factieux,
Et dont les noms blessaient, sont à peine odieux,
Sursis aux quolibets sur Laborde, sur Barte
Quoi qu'opulens, en place, et voués à la charte,
Des civiques vertus qu'orne Mars de hauts faits
Ont reconcilié les esprits aux Capets.
La vierge Elisabeth est à voix haute plainte
Sans que cette pitié soit d'invective atteinte,
Et par d'ouverts regrets sont enfin consolés,
Dix généraux vainqueurs ainsi qu'elle immolés.
La popularité d'un roi bon plus que sage,
Obtint de Lafayette en plein sénat l'hommage.
Par nulle bouche alors il ne fut contredit,
Au héros aujourd'hui le vrai peuple applaudit.
Louis IX que l'Europe entr'autres rois honore,
Tout entiché qu'il fut de guerres qu'elle abhorre,
Par son puiné Robert fit la réunion
Du duché puis fameux au titre de Bourbon.

Fils d'un duc d'une branche en tous temps tutélaire,
Et de la seule enfant de l'excellent Penthièvre
Philippe en son pintemps chaud ami des lauriers,
Devenu père et roi ne rêve qu'oliviers,
Avoir près des Numa sa place dans l'histoire
Lui paraît s'il l'obtient, le zénith de la gloire ;
Ses enfans, d'Henri-Quatre augustes descendans,
Tenant de leur ayeul aux belliqueux penchans,
Instruits en quel crédit dans toute l'Algérie
Est la profession de la piraterie,
Que le long de ses bords les vaisseaux échoués
Au plus dur esclavage y sont tous dévoués ;
Judicieux, d'ailleurs, à sentir qu'une guerre
Que provoque un rebelle est un mal nécessaire,
Brûlent de réparer le désastre cruel,
Qu'à leur peuple a valu l'irréfléchi Cla....
Il avait l'arme au bras contre une héroïne,
Prématuré l'exil où le sort la confine ;
Combien de ce Thésée ont été démentis
Les faits aventureux qu'il s'était garantis ;
Toutefois s'était joint au drapeau tricolore,
Un Prince signalé déjà dès son aurore,
(Son juste deuil à part) l'échec intempestif
Fut pour l'adolescent le présage éventif
De l'essai dangereux qu'il était près de faire
Dans une vengeresse et légitime guerre,
Aux lieux où, si l'on croit à la tradition,
Annibal disputa le monde à Scipion.
Philippe, bien qu'il ait en haine la dispute,
Tient ferme aux droits qu'avait Alger avant sa chute.

De ses chambres il a l'unanime concours
Et sa vengeance est prête à consoler Nemours.
Son aîné que d'Anvers illustra la tranchée,
Frémit d'une autre chance à ses vœux arrachée;
Mais sur lui la patrie asseoit des intérêts
Que tiendrait en suspens une ombre de cyprès;
Au bras droit de son père il faut la France entière
En armes à ses flancs s'il déploit sa bannière :
A ses oncles chéris, Beaujolais, Montpensier,
Dans un cas de besoin elle eût pu se fier :
Au matin de leur vie accourus aux frontières
Que tentaient de franchir les hordes étrangères
Dans les camps de Lauzun, dans ceux de Dumourier,
Patriotes amans d'un protecteur métier,
Ils nourrissaient l'espoir de leur précoce audace,
De laisser de bonne heure une éternelle trace;
Et chers à leur pays d'y faire dire d'eux
Ce qui s'est publié sitôt de leurs neveux.
Un songe de l'enfance, une attente illusoire!
Ils durent renoncer à leur future gloire :
Leur récompense fut l'exil et les cachots....
De leur père ils avaient pour tyrans les bourreaux,
Que n'auraient-ils pas fait? mais Atropos barbare,
De leur tendre famille à jamais les sépare.
Autre contrariété, faute d'un coup de vent;
Joinville de deux jours manque l'assaut instant.
L'élément envieux, dont est reine Amphytrite,
Réserve pour ses mers son arrhé néophite,
Veut qu'il s'y corrobore aux pénibles travaux
Des Duguetroin, Jean-Bart, Suffren, Bruix, Duchafaux,

Rochechouart, Joyeuse et son ayeul Vendôme
Près du quel il se peut que l'avenir le nomme.
Qu'il cesse de pleurer son désappointement,
Il n'a pas vu frappe l'illustre Caramant,
Peregaux, Colbert, Rapp, le dévoué de Combe,
Rares guerriers trop tôt enfermés dans la tombe....
Leurs conscrits ont montré sous ces généreux chefs,
Pouvoir des vieux grognards atteindre les reliefs,
Et que la France n'est en rien dégénérée,
Quoique la paix y soit aux combats préférée.
De ces tristes combats si la nécessité
Levait son front de fer, sans ambiguité,
L'échantillon des temps des Villards, et des Hoche,
Ne se serrerait pas négligemment en poche.
Oui, dès qu'il s'agirait de l'immortel honneur,
Que Rois et nations doivent avoir à cœur,
Des nombreux Orléans la libérale race,
Jalouse en tous périls de la première place ;
Y renouvellerait, sans remonter bien loin,
Ce dont depuis Cassel Lerida fut témoin :
Le Régent et son père y prodiguant leur vie,
D'un méfiant monarque excitèrent l'envie ;
Et des commandemens leur double exclusion
Fut un tort qui parut bas à la nation ;
Leur petit-fils plus qu'eux ne fut pas héroïque,
Sur ses champs de bataille, en Champagne, en Belgique;
Fier de ces noms, Nemours, de vous seul l'Africain
Avant peu va savoir quel est son souverain.
La Vallée éludé dans l'offre d'indulgence,
Dont la condition était l'obéissance,

Et de la foi punique au fait des vieux détours,
Pour achever le siège a confirmé Némours.
D'expérimentés chefs, qu'un long apprentissage
Intitule à guider son novice courage,
Veillent à ses côtés de la ligne en avant,
Chaque corps à son poste attend impatient
Sur leur front martial dans leur mâle assurance
D'un trépas déploré pétille la vengeance.
Deux armes qui des camps sont l'élite et la fleur ,
Mariant la science à la froide valeur,
Le génie établi près de l'artillerie
Ont foudroyé la ville avec tant de furie,
Qu'ils ont en peu de nuits bientôt déterminé
L'heure fixe à l'assaut qui doit être donné.
De leurs bouches à feu la dernière décharge,
A peine laisse ouvert un passage assez large
Qu'officiers et soldats, à pas accélérés,
L'enfant Royal en tête, en masse y sont entrés :
Maures, Kabyles, Bedouins, vomissans la menace
A l'audace gallique opposent leur audace.
Ce sont les descendans de ceux dont Jugurtha
S'étaya contre Rome au pays de Syrtha ;
De ceux qui sous Juba joint aux fils de Pompée,
Combattant de César la puissance usurpée,
Firent craindre à Munda de trouver son tombeau,
L'homme dès qu'il le pût, des hommes le fleau,
Des mêmes qui plus tard du temps de Bélisaire
Etonnèrent les Grecs de leur fougue guerrière
Et firent payer cher à ces fiers ennemis
L'avantage tardif de les avoir soumis.

La **France**, qu'en éveil tient sur leur inconstance
Leur réputation et son expérience,
Si cet Abd-el-kader, que Bugeaud à Tafna
Dans l'intérêt français d'un pan de pourpre orna,
Loyal comme Bochus, l'offense et la traverse
De ses premiers bienfaits lui garantit l'inverse.
Il aura sous les yeux un autre musulman,
Sévèrement puni de son injuste élan,
Quoiqu'il tînt sous ses murs, armés pour sa défense,
Des tribus et des turcs d'une haute vaillance.
Ces turcs, de leurs remparts hardiment défendus,
Poussés l'épée aux reins s'éloignent confondus,
Non sans se retourner et faire volte-face;
Tel aux champs de Nubie, au milieu d'une chasse,
Un lion qu'un seigneur avec ses meutes suit
Dès la pointe du jour au tombé de la nuit,
Las d'une fuite lâche et qui le déshonore,
Fixant sur ce chasseur un œil qui le dévore,
En bonds impétueux sur lui seul élancé,
D'un dard rapide atteint s'arrête transpercé :
Il se roule sanglant sur l'aride poussière,
En souille palpitant sa flottante crinière ;
Les piqueurs de leur lance accourraient l'achever,
Mais d'un nerveux effort il s'est pu relever,
A sa queue en ses flancs agilement battante,
A sa gueule de bave, et d'écume fumante,
Au retentissement de ses rugisseemns,
Funèbre épouventail à glacer tous les sens,
L'habitué chasseur n'est pas lent à comprendre
Que ce noble animal n'est pas prêt à se rendre,

Qu'il pense à sa caverne, en d'autres bonds rendu
Pouvoir s'y rétablir du coup qu'il a reçu ;
Et si l'occasion revient et se présente,
Telle que la conçoit sa furibonde attente,
A son tour qu'il pourra, vainqueur de son vainqueur,
De ses tranchantes dents lui déchirer le cœur.
Ainsi, rétrogradant, l'arabique cohue,
Mutilée, indomptée, occupe chaque rue,
Et de suite fend l'air d'un profond hurlement,
Que des femmes accroît l'aigu frémissement.
Les fauves de tout genre, hôtes du voisinage
Cherchent dans leur terreur une plus sûre plage,
Ces animaux heureux d'être à l'homme étrangers,
Libres de ses erreurs le sont de ses dangers.
Achmet, Achmet, combien ne fus-tu pas coupable ?
De contester le droit le plus incontestable ?
Plus coupable, cent fois, ton clergé Marabou,
Fanatique, ignorant, perfide, traître et fou,
Egoïstes santons, à l'appui de sornettes
De la destruction accoutumés trompettes :
Alecto d'accourir ne saurait balancer ;
L'effusion du sang encor va commencer.
Récréatif spectacle à la noire mégère,
Qu'un amas de beaux corps, bientôt froide poussière :
Sous des masifs de tours par des crocs abattu
Des plus ardens français s'enterre la vertu ;
Des murailles debout, des maisons crenelées,
Balles, meubles, cailloux descendent par volées ;
Soldats contre soldats, à corps perdus jetés,
L'un sur l'autre se sont déjà précipités.

L'acéré cimeterre en éclairs étincèle,
Le pavé bois le sang qui par torrens ruissèle,
— Et des mines l'horreur. — Le maure a reculé.
Quoique le sol  se soit sous ses pas ébranlé,
Le Français tout entier à l'ardeur qui l'anime,
De pousser en avant sans effroi détermine.
Soudain ont serpenté d'artificiels feux,
N'épargnant rien derrière, autour, devant eux;
A travers l'épaisseur d'une errante lumière,
N'apparaît que la mort et sa faulx meurtrière,
Le jeune général présent en tous les lieux
Où le bruit est plus fort, les chocs plus sérieux,
Cerné de soufre et gaz éclatés en tempête,
Sent retomber sur lui bras, jambes, crâne et tête,
Sanguinolente pluie, horrifique tableau
Que ne rendra jamais de Vernet le pinceau :
Sans froncer le sourcil!.. Vers de plus surs passages,
Il arrache l'armée à ces hideux ravages
Sans plus s'en occuper, l'habitant enchanté
Se rève de nouveau, maître de sa cité,
Prend des précautions pour barrer les sorties
Aux cohortes qu'il croît d'épouvante transies :
Fait l'insolent calcul de ce qu'il tirera
( Ses damas émoussés ) des captifs qu'il vendra.
De contes bleus, au fait, plus que de leur histoire,
Pour  des fils d'Ismael, fastidieux grimoire,
Ils ne se doutent pas, comment auprès de Tours
Mal mena leurs aieux, un de ceux de Nemours,
Lors de Charles Dix même, une leçon récente,
Leur rendit des Français la bravoure évidente.

D'un singulier vertige, il divaguaient saisis
De se les figurer en gens de peur transis :
Les tirant de l'idée où leur orgeuil les berce
Des colonnes à flots la totalité perce,
Et triomphante enfin de la tenacité
De ces infatués de leur fatalité,
De leurs saintes houris, à mystiques visages
De douces voluptés inéquivoques gages,
Se repaissant encor de leurs anciens exploits
Contre les Ferdinand, Charles-Quint, Charles trois.
Elle les voit sortis, de leur trompeuse ivresse
Se défendre assez mal, se battre avec mollesse ;
Soucieux, inquiets, interroger les yeux
De leurs poudreux Agas, non moins inquiets qu'eux,
Et dans le fond de l'âme apostropher de traître,
Dès qu'il paraît à bas leur idolâtré maître ;
Ils portent cependant de légers coups perdus
Qui leur sont pesamment au centuple rendus.
La phalange française, allègre à l'ordinaire,
N'estimant rien de fait tant qu'il lui reste à faire,
Et sans plus s'amuser de partiels combats,
Vers le but décisif qui suspendent ses pas
Coupe court aux délais, vole, et fait son approche
Du fort, tiré des flancs d'une imprenable roche ;
Mais des preux assaillans, l'impétuosité
Que pique l'aiguillon de la difficulté,
Sans distintion d'âge, et moins encor de grade,
Ne jette qu'un seul cri : l'Atlas à l'escalade!..
A ce terrible cri passé de rocs en rocs,
Et que rend plus sinistre un cliquetis de chocs,

Entremêlé de voix plaintives, lamentables,
Invoquant de leurs saints les bontés secourables ;
Avec l'addition d'injures au tyran,
Toujours inaccessible au mot sacré d'*Aman*,
A ces cris redoublés, signal de la conquête
Qui, de leur Illion sans remise s'apprête,
Le Bey, qui d'un Hector s'était donné les airs,
Démenti-pour son or s'enfonce en ses déserts ,
D'où, sans doute appauvri par ses stipendiaires,
Il viendra déchaîner sa passion de guerres.
Quoique pardonnant tout, Philippe pourra-t-il
(Ses regrets suspendus), pardonner ce gentil ?
Dédaigneux d'ordonner sur ses pas qu'on galope,
Le bon fils du bon Roi, n'est plus que philantrope.
Du type des auteurs c'est le Germanicus,
Qu'aurait de son encens salué Marc-Brutus.
Rempli d'activité, mais d'autre caractère,
Sans frein dans l'une et l'autre il lui donne carrière :
De sang encor trempé, son victorieux bras
Se prête à relever ses débiles soldats,
Il stimule, il soutient des chirurgiens le zèle,
(Et ses blessés pansés), vers les turcs les rappelle.
Leurs femmes qu'il console avec humanité
Aux soins des gens de l'art se joignent de moitié.
Ces français figurés farouches, intraitables ,
Aux façons de leur chef leur paraissent aimables ;
Son sourire, en passant à leurs enfans jetté
Est pour plus d'une mère une félicité :
De la ville à sa voix les meilleurs édifices,
Se sont improvisés en salubres hospices :

Nulle blessure grave en ces premiers momens,
Qui n'ait à ses douleurs eu des soulagemens ;
La pharmacie est tant approvisionnée,
Qu'aux Maures, de charpie une part est donnée:
D'honnêtes fournisseurs n'ont dans leurs coffres forts
Rien sequestré des fonds destinés aux transports,
Encor moins diverti les capitales sommes
Qui devaient s'appliquer à l'entretien des hommes,
Nuls de ces douteux traits l'an d'avant entrevus
Qu'insinuait D.... contre Sempronius,
Du pauvre Tlemecen, la riche Constantine
Ne fut sous nuls rapports sujette à la rapine;
Dans Gassion, Catinat, un fond d'intégrité
Autant que leurs talents fit leur célébrité,
Heureux les généraux, et non moins qu'eux l'armée
Qui sortent d'acquérir leur double renommée,
Sur ses ailes la gloire à la postérité
Portera leurs noms purs et tels qu'ils ont été.
D'un Epanimondas les qualités sans nombre,
Sur ses contemporains font une espèce d'ombre :
Et ces républicains, comme lui grands soldats
Aux Dariques persans attachaient trop d'appas,
Témoins Pausanias, Cléon, Thémistocles,
Qu'éleva le pouvoir sur ses vacillans socles.
Ils n'eurent pas, Nemours, le multiple renom,
Dont vous a décoré le choix de Danremont;
De Danremont dont l'ombre à loisir se promène,
Entre Dampierre, Ney, Dugonmier et Turenne;
Cessez donc de gémir, de plaindre le héros,
Delivré de la vie il l'est de bien des maux.

Appuyez les honneurs que s'empresse de rendre
La France tout entière à sa tranquille cendre ;
Nul devoir qui paraisse au dehors vous tenir
Et que d'impatiens de vous voir revenir,
La Reine, Adélaide en leurs cours vous attendent
Où des vainqueurs sous vous les prouesses se chantent;
En émoi les cités, villages, bourgs, hameaux ;
Dans d'abondans festins à ces chants font échos.
De ces réunions les Constantins sont l'âme,
D'un noble enthousiasme à leur vue on s'enflamme;
A cette guerre pie avoir participé,
Sera pour leur fortune un BON anticipé.
Et de fraîches beautés, leurs secondes conquêtes,
Des myrtes de l'hymen couronneront leurs têtes :
De là fourmilleront de beaux essaims d'enfans
De la patrie, appuis, et ses chers ornemens;
Quand d'auspices pareils l'avenir se colore ,
D'où vient l'humeur qu'en a le gardien du Bosphore,
Qu'il détache à Tunis ses importuns vaisseaux
Qu'ont à serrer de près nos actifs amiraux :
Il s'en faut que Mahmoud soit un foudre de guerre,
A quel état peut-il impunément déplaire ?
De provocations qu'il termine son cours;
De son bras fracturé ne souffre plus Nemours.
A ses frais il a dû de Nicolas apprendre,
Qu'attaquer n'est pas tout, sans savoir se défendre;
Pour lui son prophète est un ambigu soutien,
Un Turc hazarde trop contre un roi très chretien.
Que Possomby renonce à miner l'alliance
Dont le grand Soliman s'unit avec la France,

Albion et Paris loyalement unis,
N'auraient à redouter nul genre d'ennemis.
La bonne Germanie accorde ses Princesses
Don charmant de la Prusse, et liens de tendresses.
La Méditerranée à nos gloires d'Alger
Doit, d'être sans forbans dans sa paisible mer.
Si Guillaume en son sein renferme une rancune,
Qui non sans quelque droit le point et l'importune:
Humain il s'abstiendra d'une coupe de bois
D'où sortiraient des feux tant maudits autrefois :
Plus de guerres, fléau cru longtemps nécessaire,
Sans elle les Nemours aux français sauraient plaire ;
L'âge des d'Aguesseau, Lamoignon et Molé,
De ses cendres sorti serait renouvelé,
Et verrait refleurir des Necker, des Turgot,
D'un vertueux monarque inestimable lot ;
S'il y ressuscitait un autre Malesherbe,
De son règne il pourrait sans blâme être superbe,
Et son royaume aussi le serait de son roi,
Dans sa sphère attirant tant d'astres près de soi.
Des frondeurs taxeront d'esprit de flatterie
Cet hymne qu'inspira l'amour de la patrie,
Son masque s'est tant pris qu'il est discrédité,
Quelques ames pourtant l'ont en réalité.

# FRAGMENT.

En longeur en largeur, sur la surface immense
Où s'étend carrément la populeuse France,
Au bruit instantané de l'imprévu complot
Ourdi pour ramener tous les vieux us à flot,
D'après un noble élan en trois jours unanime,
D'Orléans bien aimé d'un peuple qui l'estime
Au trône peut monter du droit le plus sacré
Sous le quel un élu puisse être inauguré,
Election qui n'eût ni les forfanteries
De bulletins de noms fabriqués aux mairies,
Ni l'Ampoule qu'à Rheims choye un mystique soin,
Le roi de tous les cœurs n'en avait pas besoin :
Bien des raisons voulaient qu'il se maintint tranquille
Au sein délicieux de sa belle famille ,
Par de nouveaux enfans à leur aide appelé,
( C'étaient ceux de la France ) aurait-il reculé ?
Non : la conviction du bien qu'il pouvait faire
A son goût de retraite ordonnant de se taire
Il dût se dévouer et non sans pressentir
L'infinité de meaux qu'il aurait à pâtir :

Un Roi dont il n'avait nullement à se plaindre
Qu'à l'exil son devoir le forçait de contraindre ,
Et plus intéressant un enfant de son sang
Dont force était aussi qu'il occupât le rang
A la fois et Carlisme et napoléonisme
Et spectre réveillé du Républicanisme
Et de désespérés mouvement festival
Et peuples et rois prêts à monter à cheval.
La discorde sanglante, inquiète, égarée,
A l'avance aspirant l'abondante curée
Dont l'allait saturer l'imbécille univers
S'il donnait de nouveau dans ses anciens travers ,
La foudre et les éclairs d'une ruine instante
Paraissaient menacer la nature en tourmente,
Les flots se balançaient écumeux, irrités ,
Par sa ferme manœuvre il les a surmontés.
La politique en lui vit l'homme nécessaire ,
L'honorable soldat, un vaillant militaire ,
Et la classe souffrante un monarque expensif
A la rendre au bien-être ardemment intensif.
Le subit cholera le mit, hélas à même
De déployer en grand la charité suprême !
Dont dès ses jeunes ans il se fit un devoir,
Sur ce seul point il tient à l'absolu pouvoir.
Plaie de trop longs combats les taxes qu'il demande
C'est la nécessité qui seule les commande
Tout exagéré qu'est le malveillant cancan
Qu'excite leur Budjet , comme le Pelican
Il voudrait de son sang que la goutte dernière
Pût faire évanouir toute ombre de misère ,

Il sait que les impôts légers et bien assis
Du plus remuant peuple en font le plus rassis,
Et que de fixité la meilleure assurance
Dépend de l'ordre exact qui régit la finance.
Ainsi loin qu'il improuve en sa discussion
La querelleuse humeur de l'opposition,
Elle peut sans offense être systématique,
De peu d'économie aigrir sa polémique
Insinuer qu'en lui, sa pose est de haïr :
L'homme nul , ou despote, il l'a su démentir :
Par ces indignités nullement altérée
Sa tenue en tous sens et ferme et mesurée
A fait sentir aux cours que n'en pas être ami
Serait se hasarder de soi d'être ennemi :
Par sa droite raison à la dignité jointe
En dépit des frondeurs et de leur aigre plainte
Le respect aux traités fut tout haut proclamé ,
Le temple de Janus en demeura fermé :
Les peuples en suspens , rassurés applaudirent ,
Femmes , pères, enfans de concert le bénirent,
Le laboureur remplit de ses blés ses greniers,
Le joyeux vendangeur de raisins ses cuviers ,
Et trop longtemps l'Europe en transe et consternée
Courut à ses autels à leurs pieds prosternée ;
D'un repaire à forbans les conquérans récents
Parmi tant de contens qu'on craignait mécontens
Sachant leur nouveau roi non moins qu'eux héroïque
Ne s'affligèrent point de le voir pacifique ,
La calomnie en vain a contre lui beuglé
Leur amour éclairé ne peut être aveuglé ;

S'il n'est pas ce guerrier gâté par la victoire
Lustré d'une sinistre et fulminante gloire ,
D'un pied poudreux foulant pêle-mêle entassés ,
Des trônes en fragments , et des sceptres brisés ;
L'Erynnis d'altiers rois déplorant leurs royaumes
Et d'humbles paysans ruinés sous leurs chaumes
Abattu toutefois de son superbe essort,
Arraché de son monde avant que d'être mort
Et laisssant son empire en proie à la vengeance
De ceux qu'humilia l'abus de sa puissance.
Philippe a ses exploits tels qu'il peut s'y tenir :
De Valmy , de Jemmape il a le souvenir,
De deux fils près d'Anvers la précoce campagne
Comme en fit le Régent à Milan , en Espagne .
Et telles qu'en feraient ses autres fils puinés
Si les tristes combats cessaient d'être ajournés :
C'est ainsi sans sortir de sa civique histoire
Qu'à sa patrie il offre un ample fond de gloire ,
Il en préfère une autre et de plus de valeur,
C'est d'esprits sulphureux de calmer la chaleur ,
De suivre d'un pas sûr la pacifique trace
Que tint victorieux le phénix de sa race,
« Tout d'or en son dedans , si de bure au déhors , »
Disait-il de soi-même en ses touchans transports,
Désolé qu'autrefois sa malheureuse épée
Du corps de ses sujets sortît de sang trempée,
Sang qu'il eût racheté de la moitié du sien,
Qu'à la fin de son règne il ménagea si bien
Qu'enfans tendres jamais ne pleurèrent un père
Au point que le pleura sa nation entière :

Autant ce divin Roi fut cher à nos aïeux
Qu'autant son petit fils le soit à leurs neveux ;
Ne l'égale-t-il pas dans sa noble clémence
Qui n'offense jamais et jamais ne s'offense ;
La débonnaireté dont il semble entaché
Est un défaut aux grands rarement reproché ,
Dans le coin d'un tableau l'ombre qui se recèle
Répand sur son ensemble une force réelle ,
Celle que Philippe a , lui suffit , est assez :
La modération, même en bien, fuit l'excès :
Si les rois ses voisins entraient en méfiance
Sur le gouvernement qu'idolâtre la France
Leur haute opinion de son sincère Roi ,
( Si puissant ) le leur montre insigne en bonne foi.
De ses travaux passés sa grandeur juste gage
Lui plaît moins, si son peuple en est hors de partage ,
Et s'il ne l'associe au doux flux de bonheur
Qu'en prix de ce qu'il vaut le ciel verse en son cœur ;
Plus jaloux d'être bon qu'il n'est de le paraître
Ses dons prodigieux le font eux seuls connaître.
Rien d'impie ici bas en ce monarque aimant
De voir de Dieu l'image , et son représantant
Autant que le fini de l'infini s'approche ,
Avec ce correctif nul prétexte à reproche
Heureuse la contrée où le libre habitant
Peut de son souverain en dire tout autant.

FIN.

9 782014 429466